依旧有声

我的新水墨实验

杜世禄／著

中信出版集团 · 北京

图书在版编目（CIP）数据

依旧有声：我的新水墨实验 / 杜世禄著 . -- 北京：中信出版社，2018.8

ISBN 978-7-5086-9219-7

Ⅰ . ①依… Ⅱ . ①杜… Ⅲ . ①随笔－作品集－中国－当代②中国画－作品集－中国－现代 Ⅳ . ① I267.1 ② J222.7

中国版本图书馆 CIP 数据核字 (2018) 第 155594 号

依旧有声
我的新水墨实验

著　　者：杜世禄
出版发行：中信出版集团股份有限公司
（北京市朝阳区惠新东街甲 4 号富盛大厦 2 座　邮编　100029）
承 印 者：北京图文天地制版印刷有限公司

开　　本：700mm × 1000mm　1/16　　印　　张：10　　字　　数：60 千字
版　　次：2018 年 8 月第 1 版　　印　　次：2018 年 8 月第 1 次印刷
广告经营许可证：京朝工商广字第 8087 号
书　　号：ISBN 978-7-5086-9219-7
定　　价：48.00 元

杜世禄，浙江东阳人，美术学博士、教授、国家一级美术师，中国美术家协会会员，中国书法家协会会员，中国摄影家协会会员，中国文艺评论家协会会员，浙江省高职高专艺术设计类教学指导委员会主任，金华市美术家协会名誉主席。

目录

寻找意味 02
审美需要选择吗？ 06
线——何时能成为精灵？ 13
飞越在超现实的视觉中 21
笔墨传统的深度应是综合的 24
心中之象“像”吗？ 31
新的水墨构成能拓展什么？ 36
中国画与色彩意识 42
艺术家结壳就可怕 46
艺术的价值观 52
诗情画意 56
好心情画出好作品 61
祈求灵感 65
中国画和中国画家的调侃性情节 68
气——中国传统美学的最高运筹 72
中国画的当代性与传统精神 76
谈“匠”意 79
关于意境 83

关于艺术的“语言”----------86
关于艺术精神----------88
关于艺术人生的思考----------95
艺术的“名义”----------100
艺术需要情感----------104
认识需要智慧----------108
审美需要眼光----------113
审美的理想精神----------119
批评当无情----------122
我的画画态势----------126
书法——线的艺术----------130
书法创作意象为上----------135

附录Ⅰ 高处的风景
——读杜世禄大写意彩墨人物画 文/邵大箴 ----------140
附录Ⅱ 创造意象 兴象抒情
——浅谈杜世禄的积墨写彩山水 文/邵大箴 ----------144

▶ 仙灵辨识
纸本设色
93cm × 60cm
2017 年

寻找意味

什么是格调？我说能够把内心深处的东西表现出来，就应该算是有格调了。而往往画画画多了，规矩讲得多了，就把自己身体和脑子都规起来，俨然以艺术家自居，即使有的作品画得也很生动，却没有生气。因为太会画了，容易陷入匠气、行气、庸俗。所以，有的人即使很用功，就是那么几刷子，往往复复，难以走出巢穴，要搞出点艺术来难之又难。这里，区别点在于，艺术能不能接近灵魂，使绘画暗含一些玄妙的意味。通常讲是有点味道，着实讲是能使作品往深处走，不容易。

寻找意味，寻找线条的承载，用心灵表达自己的语言符号。即是画的极简主义，由内心体验抽离而成的特殊形象，由一点延伸到万事万物，由现代性和原始性去创造，回避惯性思维，重新创造绘画的精灵。说是“无法无天”，那是从生活中去发现隐含的各色各样的精灵，发现道性，领悟意味和隐喻，将生

◀仙灵辨识（局部）

活中的艺术最终变成自己的艺术。

分分秒秒专注于精神家园的构建是件难能可贵的事情。从传承的大脑储存里，撒下创新的种子，让它发芽、开花、结果，是最理想的精神家园构建。在这个家园里，可以与山河对话，与高士交流，与神骏厮磨，与花鸟相守，与情人调语。甚至面对邪恶贪婪的丑恶，可以在淋漓鞭笞、倾泄愤情的时刻，享受张扬、泄愤的一丝愉悦。千途万境，旨在归真。在博秉陶铸、笔端所指，象无踪迹，味绝中边，奇取神鬼造化这般气息里，心源中得，回剑自尝，绵绵不绝，如云行水泻，幻化成章，只将这一味寄语于天下。上升到文化广义来看，艺术家应该是时代精神的镜子，艺术品忠实反映着人类的内心世界，画家苦味的画痕，率性的用笔，淋漓的色相，都需要求真的勇气，都需要在“笔墨当随时代”的催令下，敢于在破中加入当代的艺术思考。如此新精神才能冲破固有的水坝，最终得到宣泄。内心涌动、寻觅心里想表达的意象，才能发出属于自己的“呐喊”。

▶ 梦任随鸠唤
纸本设色
93cm × 60cm
2017 年

审美需要选择吗？

审美，对于一个画画的人来说，是一个非常重要的命题。而对于一个画画的人，是直线单一地审美，还是广袤而有密度的思考下有意义地选择审美，着实是衡量其作品品相高低的标准之一。因此，审美要有选择，审美要有定向，审美需要判断，审美是一个把自己带到艺术彼岸的不同一般的定位。从这个理念出发，我教育年轻人画画，首要是训练自己的眼光，在信手涂抹中，不浮于俗媚，对出其不意的亮光点予以赞美，使它不流于低品位的审美。要学画，先要学会鉴赏。有了审美的取向和选择，也才有了学画的坚实一步。

画画题材多而广，光怪陆离面孔多，画什么其实不重要，关键是怎样画。因为有情，因为有境，也因为有各自的审美选择，故有穿越时代的微风，有斑驳的历史光影，有无语之山水与岩崖之泉流，有碧水幽幽的静谧和渔舟晚唱的悠闲，更摇曳着清

丁酉九月

◀梦任随鸠唤(局部)

新与隽永和诗意的闪亮……所有这些，你无法选用何种风格和形式，也决然离不开审美定位。而这时的审美格调将决定所描绘这些情景品质的优劣。因此，审美是修养的积累，审美是艺术的综合，审美是眼界的开拓和心界的升华，审美是潜移默化由量转质的蜕变。而当你具备了这些后，也就有了正确的选择，你就会找到一个适宜表达自我的艺术样式。或许，这也就是你的绘画语言，你的风格和形式。

当下中国画中的水墨画，是否需要一个恰当的审美选择呢？我觉得自己一个成天舞墨弄文的水墨画家，对水墨审美是很在意的。梳理一下水墨各个时期遇到的问题，泛览各种说法的合理性，应该说水墨画的基础是确定在对水墨传统本质的把握上的。我认为水墨传统中最核心的是书写品质。离开毛笔，用注射器将墨汁射到宣纸上，这种所谓当代语境下的水墨游戏，是代替不了书写性的。书写性是中国水墨画的精髓，否则以书法为依存的中国水墨画又有何特殊内在呢？当然现代水墨画并不单是工具性的，它的生命意义在于本身发展有没有思想性的贡献，如果没有，我们所做的基本都是徒劳，只是样式和翻新而已。一个艺术家反映出的思考深度决定其作品的最终品质。艺术家要控制自己滥情的创造力，保持尖锐严谨的思想性。一些人市场化了，创作和艺术没什么关系，另外一部分有理想的人不知道该怎么做，很麻木。但归根到底艺术应该是思想的产物，大脑在手的前面，不应该手支配思想。

由此可见，中国水墨画的审美选择，它的本质不在于材料和技术，而是精神文化和社会自我经验通过用笔直接表达的方式，这个表达方式在传统中国艺术中叫作“写意”。与其他艺术不同的是，一旦内在经验和用笔的手段不能建立起关系，其绘画的结果最终将是失败的。

“写意”是水墨画的核心，水墨画是“写意艺术”，写意是通过艺术的笔触展现艺术家长期的艺术训练和自我修养凝结而成的个人才气。艺术家对自我和社会、自然、宗教的体验与内在修养互相纠缠，形成不可分割的整体，成为内在灵魂的载体——艺术家的“气息”。

在我的写意实践中，传统不再是我唯一的文化归属之所，我努力在传统的营养滋润下，在空间、笔墨走势、色彩、明暗处理等调子里形成我自己的绘画语言。如何打开一个异常丰富有动感的空间，作基调的颜色贯穿在这些空间的边缘，打开空间的呼吸感，是我经常感悟、思考的话题。把气势指向一种活的情感，以心性潜在的吟咏聚集起来。在冥冥之中，契合玄游的书写方式、玄静的观照方式，得以安顿一个有心灵活力的图腾。我期望在绘画语言和视觉美学上能有新的收获，这将成为未来一段时间我努力和反省的方向，是我审美选择的一个方向。

▶ 东家媳妇爱多事
纸本设色
41cm × 36cm
2013 年

◀ 春长好，醉意浓
纸本设色
44cm × 35cm
2011 年

线
——何时能成为精灵？

从孩提即拿笔落点移动而成线，尽管那时的横七竖八，都会想划线成形，是方的或是圆的，直到歪歪斜斜弄出一个东西，还始终不肯罢休。到了能画个画了的时候，毛笔的艰难运行越来越成为国画的重中戏，在构造幻觉的空间里，绘画功能的线描任务和品评标准理所当然认准了两条：流畅和准确。这就越发引起制造笔迹的冲动。到了现在，画了大半辈子的画，仰望方增先老师的线描人物，说他的线条有质量，是因为它有弹性、有内涵。也越发认识到自己的线条功夫还差得远呢。线成了画画的一个迷宫，如果让它成为精灵，不知可以演变出多少精美的画灵。于是乎在创作的演变过程中，在对线的追寻中，就有了许多点滴起伏的思绪。

对线的理解，我是读到《芥子园画谱》刊出的“十八描”之范稿，才有点理解和认识的。每种描法，其实都是体现“写”

◀ 妙想一得
纸本设色
40cm × 26cm
2016 年

的精神，什么顾恺之之迹紧劲连绵、循环超忽、调格逸易、风趋电疾、意存笔先、画尽意在，岂是一个“描”字能够了然的？加之这一点一画，别是一巧与草书之体势，一笔而成，气脉通连，隔行不断，可见画家作画用笔已完全浸润于书法用笔的法度中了。想到西方绘画的用线，我觉得东方的线与西方的线内中是不同的。

线，作为形象语素之一，其组织形式、结构方法以及画家所运用的角度，都决定着线自身的表现力和价值。一个人用毛笔画出一条线来是十分容易的事，一个画家用线勾勒出

▶ 农家少女早出落
纸本设色
35cm × 35cm
2011 年

一个形象来也是不难的。然而画家把线条变成自己具有个性风格的绘画语言就十分难了。中国历代的画家留下的“吴带当风 ”“曹衣出水”“高古游丝”“春蚕吐丝”“屋漏痕”“折钗股”“锥画沙”等，都是线丰富多彩的组合形式。这种组合形式着力点在于形象造型，线的粗细、曲直、方圆、刚柔、毛涩、光润、顿挫、长短等，都是画家从客观对象中抽象出来的，构成了线造型的各种形式。熟练地掌握了这些线的表现技巧，并寻找到自己个性的笔法时，线就将成为你情感的散步、自由的表白。

人总想弄出点痕迹来，这是一种与生俱来的冲动。从无意识到有意识，从自然到必然，痕迹携带着幻想建立起绘画艺术的殿堂。无论是先祖还是今人，都是这样孜孜以求的。制造线迹的冲动成为艺术家艺术创造的前奏。“用一根线条去散步”，克利说这话时，透着大成功者的潇洒。他把工作心态和无意识行为当作创作的一部分，终身潜心于构筑充满仙乐的幻化空间，把空间营造与灵性发挥融为一体，从实践上光大了线条的造型传统。

对于线的意象表达，在多年的实践创作中，我体会到线形的走向依据物象形态变化；而线性的粗、细、润、挫，则是根据创作者的情绪、趣味和对笔的控制而变化的。成熟的组合形式中，线条的严谨透着自由与神韵，丝丝入扣，线是不可分割的，一条线不可少，一条线不可多。线与线之间形成多样的夹角空间，这夹角空白的大小长短不同，形成了如同音乐一样的节奏和旋律，情感的直白，心灵的倾诉，使画家与客观对象结合产生振波，一笔一画，感性的抒发，是意中之线，线中之意象。敞开灵魂的随笔，文思如流泉，情怀如远山，意味如气象，此时的一种人文境界让我如痴如醉。在线性游荡伴随生命体出现时，感动的连续性，又同时从心底升起，一个新的生命会随之诞生，而这时物象和景色似乎是个精灵。线条的律动、精灵的幻化，像一双无形的巨手紧紧地拥抱着我。我渴望这种令人揣测不定的神秘精神现象的出现，在一个入眼纷繁的世纪中，在一个线性的自由空间里，我们变化着而又风流。

▶ 高林篱落
纸本设色
93cm × 60cm
2017 年

▼ 高林篱落
（局部）
PP.18—19

各相應沉吟

◀ 孤芳独赏
纸本设色
40cm × 26cm
2016 年

飞越在超现实的视觉中

我在 2011 年出版《男男女女》后，2015 年《潮男潮女》的续集，意欲对当今社会中的男女主角展开更新、更潮的探索，试图对其美学的哲学思考更深一步。

“飞越在超现实的视觉中”，是我画这类题材的追求。年轻人画法构成造型的大胆为我开启了想象的空间，秉性而言，心底仍然在当代年轻人中寻找发声的振源。我笔下的男女显然不是孤立的，更是要说明作为高度概括的造型手法，有着我主观感觉的追求——将自己置于大化之中，与天地融为一体，恰似“微风吹幽松，近听声愈好”。绘画不过是站在自然这面镜子之前画着自画像而已，正所谓“以道观道，以性观性，以心观心，以物观物”者也。

这种开放的想象更多呈现的是我的一种游戏心态。在自在的水墨天地里，我往往用惫懒的笔法，漫不经心地画出各色的

◀ 水边有月
纸本设色
35cm × 36cm
2013 年

女人和男人，让感觉曲折、暧昧难言。我追求“文心”与“童心”，作品中没有重大题材绘画中所具有的戏剧性冲突与亢奋，也没有愤世嫉俗与肆意变形；在形象上更多是少男少女的青春缱绻与天真无邪。亲切、感性、好做梦是他们的特色。我努力地想去表现当下，日常生活中这群人所散发的一种诗意，以及飘忽的梦境与幻觉，把那些面目不清，神似而形不似的水墨人物的男人和女人，展露出他们心理层面的隐私。

正是由于这种特定的游戏心态，被无数生活场景所刺激而产生的冲动，更需要独具慧眼地捕捉它、认可它，并由此而衍

▼ 浅灰色之一
纸本设色
40cm × 26cm
2016 年（左）

▼ 落魄的遗老
纸本设色
35cm × 35cm
2013 年（右）

生新的绘画语言。线是最简洁的绘画语言，当我的心灵与智慧直接流露，自由抒发情感而创造异彩纷呈的男女世界之时，笔下造型、空间状态自然属于开放的结构，线与线的排列组合，粗细、长短、纵横、斜正、虚实、隐出、聚散、方圆、开合等关系，形成丰富多彩的节奏和旋律，产生不同的美感。同时我意识到色彩与线条一样有它的意义。我所用的色彩是一种表情，它有着内在的生命。与水墨的韵化相结合，意欲使形象射出一团绚丽的光芒。抑或是用意味深长的层次，来展示不知不觉的浮现。

让我这些随意产生的作品，展开无限想象的翅膀，飞越在更宽更广的自由天地里，让人们舒臂呼吸艺术弥漫的惬意。

▶ 栖山凤凰饮风起
纸本设色
93cm×60cm
2017 年

笔墨传统的深度应是综合的

一张中国的水墨画，呈现在人们面前，首先被区分的是它是传统的还是现代的。倘若考虑传统笔墨的分量，便要再问传统笔墨来自何方，所谓现代内涵中传统究竟传承了多少。这些赏问，作为画家是要搞明白的，否则，传统能走多远？笔墨传统的拓张和个性如何演变？即使加入现代元素的融合也不知所云。

首先，笔墨传统的学习有一个点与面的问题。中国画的山水、花鸟、人物分类，从许多画者的学习状态看，似乎一个画种的传统学习与其他的不相干。事实上，以人物专业学习传统为例，起步仍是从书法、山水、花鸟入手，进入传统之后，对笔墨的理解才转换到人物上来，通过人物画来体现所学。从沿袭的老传统及某派传统的学习里，努力跳出来，不能把传统变成包袱、裹脚不前。要从各自不同画种的笔墨里吸取有益的养

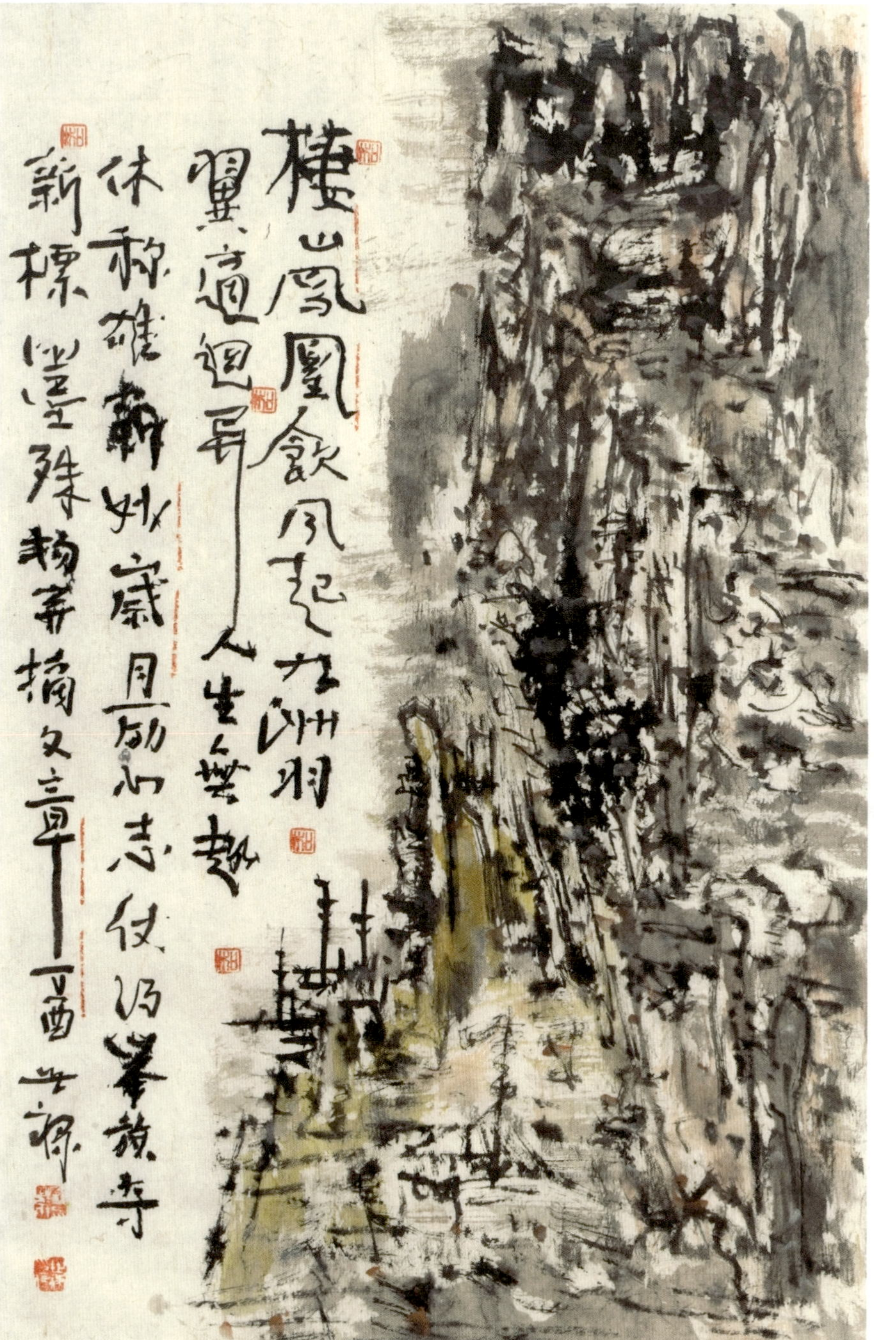

◀ 栖山凤凰饮风起（局部）

分，着力于人物造型的表现手段。

水墨的临摹要在学习中不断成长。作画不能一味重复学习的东西，需要吃进去，在领悟中有自己的东西；同时也不能有偏好地一味重复自己原有的样式。这里运动变化的宗旨，是不断地追求自己的笔墨个性，不断寻求画面内沉的东西。所以在享受绘画的过程中创作，等画完后回过头看看，总会觉得不满意，结果不如人意，总在不断否定自我。之后就有一种新的欲望，把这一时期不时冒出来的不同东西，尝试用毛笔表现出来。即使又不满意，这种不可逆止的创作状态自我感觉很好，可以直视陌生的图景，进一步调动脑细胞，让自己专注起来，把鲜活的描绘、非一般所见呈现出来。此时会处于兴奋的感觉中，抓住了会有惊喜，会浸入一种非常玄妙无比的境地。

打动观者的画面，我的体会就是要把笔墨下某处景致某个人物的个性特征放大，要从中找寻某些细微的变化。其实，在绘画中有些游戏心态，有时会出现意料不到的水墨效应。在墨、纸、笔三者的物性关系里，由于对人物构成表现的矛盾、心结和困惑，情绪呈现于笔下的水墨意图的表达也是始料不及的——这是一种心绪的排解和心绪的释放。在一种特殊的心境下，画面会有一种特性的表露。而此时演绎的水墨，不是传统水墨概念，而是有着现代环境条件下的心理气象。

▼ 云深琴罢心浩荡
纸本设色
60cm × 93cm
2017 年

笔墨传统的这条路很宽很长，不仅仅是一个点。对古代艺术品的收藏、鉴赏，特别是对民间东西感兴趣，自然对绘画创作有一种滋养。而现在谈传统的声调与市场喧声，标榜传统画至高至美，作古悬赏，又是另外一码事。传统的内美包含着更多的层面，特别是民间艺术，不同民族、不同地域、不同文化语境、不同流派等等。看看老物件，吸收民间艺术养料，如壁画、绣品、年画、剪纸……看博物馆藏品，自己收藏鉴赏古玩，看商周各色器物的雕工与造型，民间彩陶上的那一笔勾勒，外形和内在的形是协调和谐的，包括元、明、清的瓷器和笔意，这些都可以作为理解传统的综合修养部分。作为艺术家，不能仅局限于画本身的题材内容，应综合去看与绘画有关、与造型有关的传统。越综合去看越会发现当代的不足，学习传统是给我们的涵养增加厚度。我收藏的诸多佛像，造型生动、线条流畅；而汉画像砖又浑然凝练。这些艺品气象，经常令我沉浸其中，体会尝试，为我绘画的个人符号提供了很好的借鉴作用。

艺术传统是一个大概念，是活的，有生命力的。笔墨传统继承的最好方式是不断挖掘、借鉴。要避免病态的传统观念。我们要注重笔墨敬畏传统，将笔墨传统置于综合的考量，因为综合是维系艺术生命的必然选择。文化都有生老病死，笔墨传统也如此，有了新陈代谢，笔墨传统才能成长、拓展，这是一个不可忽视的事实。

丙申三月

◀ 精妙广大的色域
纸本设色
38cm × 26cm
2016 年

心中之象“像”吗?

在看我的画时，常人总会提问：你画得像吗？有时我也语塞，原因是要解释清楚像与不像，那实在不是一言半语可以说清的。但我心底对自己的行为自然是有数的。

抽象作为一种思想方法和表现手法古而有之，康定斯基《论艺术的精神》的出版就标志着抽象艺术作为现代艺术的思潮发端，吴冠中先生发表的“论形式美”和“论抽象美”的文章，也为我们开阔了视野，打开了胸襟。我认为具象与抽象是有姻缘的双姐妹，你中有我，我中有你。“象”是共性的，不过具象中的“象”重点在于眼中之象，而抽象中的“象”重点在于心中之象。

抽象并不神秘，更不神圣。抽象与具象都是“心象”，是一百步和五十步的关系。云是客观存在的，你投射了意象，那云才与你有关系。从艺术角度来说就是为发心声强拟形象。心以形象显，以声音显，以味道显。佛说：“凡所有象皆是虚妄。”所有没有心意的勾连，“象”是没有意义的。

艺术形式的不断创新，是我毕生的追求。而追求有原味的形式创新则是一件非常有趣的心理冲动。在各种不同的作品中，线条、色彩以及某种特殊的组成形式或形式间的关系，会激起我的审美感情。形式中有原味，是因为形式后面隐藏着物体实在的自身。

我与同事为日常有的一味模仿的作画方式慨叹：“画画是画自己的心啊！”抽象画的意境，也许就是生命的自由。通常心与象具有同构关系。这种同构会贯穿视觉、嗅觉、味觉、触觉等感觉系统，特定的视觉激活相应的心理感受，而这种心理

◀ 一家亲
纸本设色
40cm × 26cm
2016 年

▶ 依旧有声
纸本设色
40cm × 28cm
2016 年

依舊有聲

感觉也能被某种听觉唤起，这时视觉与听觉就有了通感。我们说绘画是凝固的音乐，一点也没错，而这种通感，只有通过直觉体现出来，直觉只有在心灵中才能完成，因为美感系统是一种聚精会神的心理状态，是一种物我两忘的审美活动，把整个心灵全部寄托在美的事物上。

概之而论之，艺术属于心灵的东西，比物质更接近于心的真实。在我与创作对象的相认相知过程中，总会有那一条线，或者是一种默会。虚实走道显得那么禅意绵绵，抽象之象正是无象之象，而万象之源是无象，是隐藏于万象之中的虚无。色彩变幻，色调舞蹈，线条游走，难道不正是围着虚无这堆篝火展开的吗？梦幻泡影，在寻求心灵解放的这路上，转瞬之间，虚无又把一切美的图彩收了回去，让一切归于寂静。在日常的静默中，等待一丝一毫火苗的出现，又期待着火堆成势，在火势催动下，为之一新的作品指日成象！

◀ 一群耍猴
纸本设色
35cm × 36cm
2013 年

▶ 兄长俩
纸本设色
35cm × 35cm
2011 年

▶ 禅居鸠山
纸本设色
93cm × 60cm
2017 年

新的水墨构成
能拓展什么？

构成，源于设计。把平面、色彩、立体三大构成，引入水墨构成的范畴，我顿时觉得，水墨的实践是完全可以开启人们的想象力和创造力的，为拓宽艺术空间的视野提供了诸多的可能性。

为什么这么说？从我对中国画的认知过程看，总是囿于传统的点、线、面排列组合，尽管已有传统笔墨方式是一个极其规范化的系统，笔墨语言在相当长的历史进程中，被不断加以锤炼，从而形成其经典的样式和语言意境，但在表现当代题材时会凸现其概念化与程式化，缺乏深度，而且表现力远远不足。而新的水墨构成理论框架与内容，不是抛弃传统的笔墨方式，而是具有开放、宽泛、兼容的胸怀。这里的笔墨与语言不同于传统意义上的皴、擦、点、染，而是将笔墨的浓淡、干湿、长短、方圆等因素从描绘对象的辅助角色中解放出来，让这些笔

◀ 禅居鸠山（局部）

墨语言作为水墨的基本要素，在画面中成为主角，发挥其独特的美感作用。水墨构成不以构成为目的，而是以彼此发现为目的，重在提取笔墨结构，打破常规的观察方法，以独特的视角重新认识水墨的多种可能性，使笔墨语言借助构成理论与要素的引导，在画面中形成新的秩序感和美感。具体地说，水、墨、纸等媒材在感性与理性的交织下被或有序或无序地释放、排列、挤压，会形成新的笔墨结构与形式。无疑，在这样的前提下进行的水墨构成具体实践才可以收放有度、取舍自如，在提取中实现彼此发现、创新笔墨结构。正如邵大箴老师所说，中国的水墨画是一个相对独立的体系，但不是封闭的体系。创新发展才能进一步完善充实。

这种大胆尝试在水墨实验的天地里有着无限发展的空间，特别是将立体的空间概念和三维的塑造方法引入中国画，使画面的构成结构、空间和肌理等方面因素，结合一定

▶ 群贤毕至
纸本设色
93cm × 60cm
2017 年

的构成原理或情感组织成新的画面。同时，创新的笔墨尝试，比如光感、质感、体积感、空间感、节奏感，将使水墨表现空间进一步延伸与拓展。

这里不单单是媒材、笔、纸的技术处理问题，水墨现代构成理念为水墨写意提供了更多的图像表达。明末徐青藤的水墨画，集表意性水墨精神于大成，他的身世遭遇、苦闷癫狂都融于一画当中，借泼墨芭蕉、葡萄等客观之物抒发与宣泄情感。古人的情怀已将笔墨的表达发展到了如此境地，而当代人的情感又更多表现于易碎的、片段的、即时的、闪烁的，因此，要准确地表达当代人的水墨画，在表意中特别要解放笔墨的历史负重，注入当代要素，以期激醒传统。表达为先，形式与方法为后；情感的动机为先，实现手段为后，最终达到表达与协调的统一。抓住那稍纵即逝的情感流变，最具表达性的水墨将大有可为。作为现代水墨构成的张力，将会产生新的创作图像。

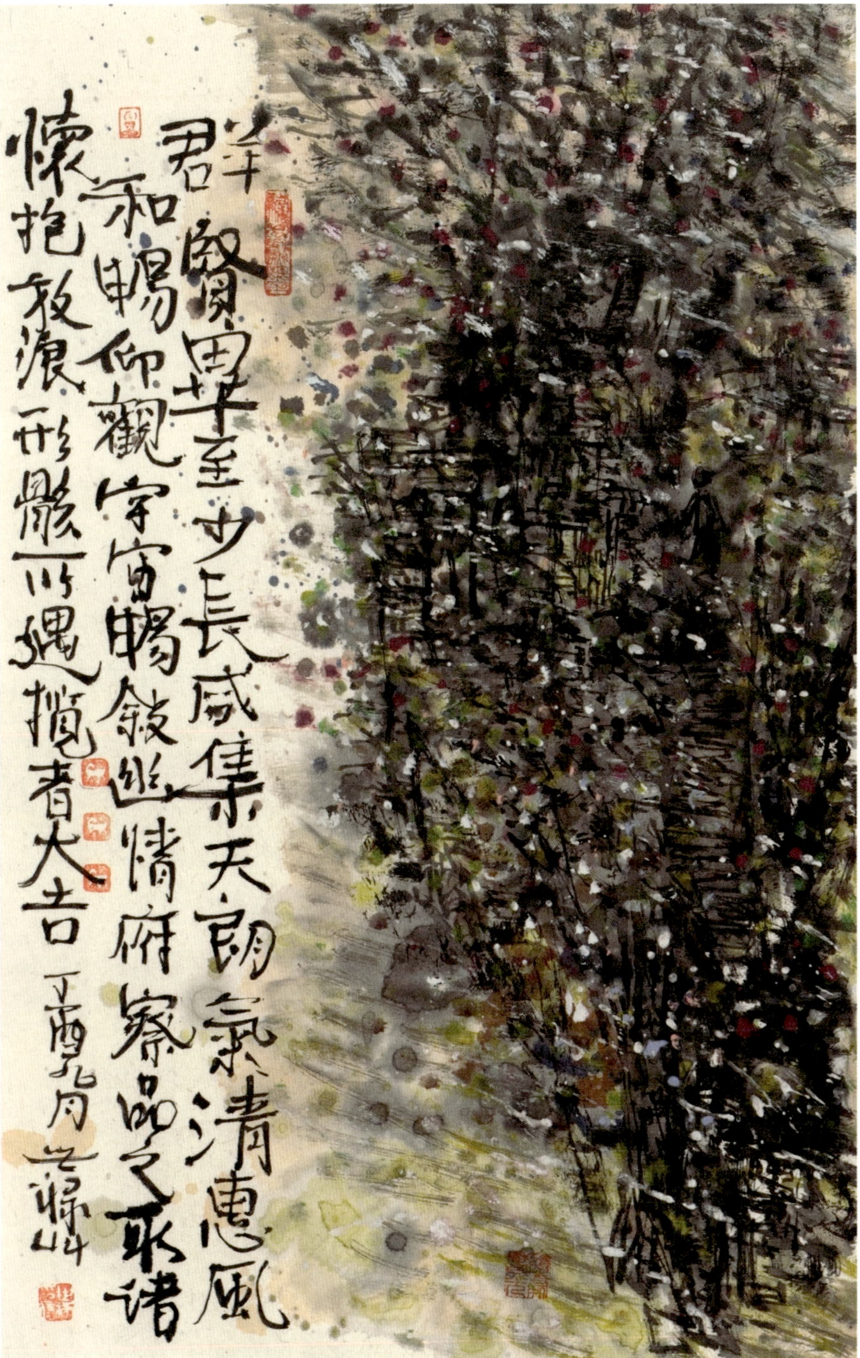

▶ 古道行迹
纸本设色
93cm × 60cm
2017 年

中国画与色彩意识

中国画对于色彩的表现很弱。在古人那里，万物萌生于心，人与自然是一种生命源与生命精神的观照。以一种“归一”的生命观来诠释事物，这是我们中国文化，也即东方文化之中最基本的一个哲学模式。它至奥至深而朴素至极，艺术家就是以那种朴素的方法来审视世界、解悟万物生命的。所以，他们所看到的，他们所要传达的是那种万物生命中的精神世界。他们以为万物的生命是同源的，精神也是维系于认识者——我们人类之心的。在古人那里还没有“人类”这个字眼，他们认识人类也比我们单一得多，他们还不知道最能传达心灵情绪的是色彩。

当然这有科技能力的因素局限了色彩的运用的原因，从而古人无法体会到色彩有如此巨大的表现或者说传达能力。他们只有把笔墨无限地精神化，把笔墨推到至高无上的境界，这是

◀ 古道行迹
（局部）

▶ 无烟渺然
纸本设色
96cm × 62cm
2017 年

中国画的辉煌，也是中国画的局限。

历史是继往开来的，我们今天已经把色彩这块领域开拓得非常之大。但细观之，两者（笔墨、色彩）的契合点似乎还在恍惚之中。有许多问题尚待进一步体验，有许多路等待我们去走。比如，感性上传统笔墨的精神性与现代色彩的情绪化问题，还有墨色与色彩的参和，技巧的表现，色彩的理性与中国文化的感性情节，色彩与时代与个性等，都是需要我们进一步探索和体验的。

▶ 静居
纸本设色
93cm×61cm
2017 年

艺术家结壳就可怕

艺术家是最热爱生活、最善于理解事物的灵性、易感而好动的人。艺术家对于各种美好的、新鲜的、奇丽的事物要有多看、多感悟的兴致，要有惊喜，要有感动，要会流泪，要有发自内心地想用画笔表现出来的欲望。艺术家一旦没有了表现与张扬的欲望，就会失去艺术个性的魅力，这是人人皆知的说法。

艺术家最怕创造力退化，最怕想法衰竭，最怕表现力苍白。如果，一个画家停留在一种技法和一种构成模式上，不思变化，往而复之就会成为一种动作习惯，运用习惯是工匠的作为。这种习惯动作能创造出艺术的作品来吗？

齐白石六十思变，把笔墨精炼到绝对纯化的状态，让笔墨成为生命的符号；黄宾虹七十岁走进了笔墨团团的墨色世界里，体验到了中国山水画的最高境界；张大千的晚年泼彩等，都是因为要避免自己的艺术结壳，还要开创属于自己也属于社

◀ 迷悟懒门
纸本设色
100cm × 64cm
2017 年

▶ 无边点线
纸本设色
94cm × 63cm
2017 年

▼ 无边点线
（局部）
PP.50—51

会的另外一个艺术世界。他们不会躺在已经成名的温床上，所以他们成了一代宗师。

艺术的过程本身就是一个不断创新的过程，是一个不断毁去好名声的过程，这是人们的意识趋向所决定的。有史至今，艺术家都在追逐名声，这无可非议，但有了名声就更应当热忱于对人生、社会与自然的感受，热衷于对艺术个性、艺术形象和魅力的追求，不断创造属于自己的情感语言，丰富艺术思想，调动艺术欲望，这样才能创作出不愧于己不愧于时代的艺术作品来。

▶ 春澜香醉
纸本设色
39cm×26cm
2016 年

艺术的价值观

艺术的价值是一种观念的价值，它有显隐之分，现时不被社会承认的艺术作品并不意味着它没有价值，只是说它的价值尚隐而不显。在艺术史上，当下名动天下而后默默无闻者，当下无足轻重而后名垂青史者，大有人在。以绘画为例，一种流行的观点认为，“有名头的看名头，没名头的看笔头”，这是非常浅陋的说法。艺术品的价值表现绝非那么简单。首先，必须把它放到大的文化背景下来审视。从个人的关系到流派的关系，到地域的关系，然后再进入整个艺术范畴，这其中反映的是政治、历史、文化构成的最基本的元素的关系。其次是狭义的对于笔墨、形式、时代、作者等诸多因素的关系。这些都是可以用某一种准则来衡量和把握的，因为它们之间可以凭着人们的眼力找出可类比的东西，具有绝对的可见度。

然而要真正地权衡艺术的价值问题，最需要判断而且也

◀ 爷爷的琴声
纸本设色
45cm × 30cm
2016 年

▶ 一门清缘有色有味
纸本设色
40cm × 26cm
2016 年（左）

▶ 子孙满堂
纸本设色
40cm × 26cm
2016 年（右）

很难用某一个定律来说明的问题是“艺术的精神状况”这个东西，即所谓艺术和个人对于艺术的观念问题。人们的观念各个不同，由他是知识水平低的人还是文人，是平民还是上层人物，以及其所处的环境关系来形成。观念的形成还与人的个性性格分不开，性格其实比观念更重要，这是一个人的最基本的精神结构。换句话说，“这是人的天生的本能，基本的嗜好，感觉的幅度，需要的强弱。总之，这是人的内部动力的大小方向”。有一点非常明确，对于艺术作品的价值认定，主要还在人的生存（生活）观念之中。既然艺术的价值是一个观念的评判，而观念是一定要跟着社会环境多变的，那么它的价值就很难恒定，常常随着人们的观念游走。撇开大的历史背景可以改变人们的群体观念不说，生活中的每一个事件都可能引发人们观念的改变。

▶ 萝卜青菜、
维生素 E
还有 D
纸本设色
35cm × 35cm
2011 年

诗情画意

在传统中国画领域里，诗情画意是评判作品的标准。我们站在作品的面前，前面的作品给了你多少联想和启示，总会有所领悟。如果无动于衷，肯定是少了画意、缺了诗情。画中有诗才有意，诗情画意在于品味，不在臆断，需要欣赏者有意，创作者有情。倘若无意，作品即便美不胜收也会不动于容，能见的只是形式的外壳而已；倘若无情，作品任是千般做秀还是味如嚼蜡，甚无生命可言。

世界上只有情意两字才不是做作得出来的，情意只有在有情人的眼里能发现，只有在有情人的心中能够蕴藏，只有在有情人的作品中能够出现。

诗情画意，如朦胧的梦境，也如恍惚的幻象，是一种萦绕在作者心里的情境，是耐人寻味的情调，是一片令人神往的心象世界。

◀ 无奈图
纸本设色
35cm × 35cm
2011 年

诗情画意，“是客观的美和主观的审美条件两相契合的一种表现”。它是从视觉形象，也就是画面中体现出来的意境，是画家倾注在作品创作中的情境或心境交融后反映出来的让人浮想联翩、给人记忆深刻的那一片情景。

诗情画意，使画人物画到了表情毕至，使画花鸟画到了神态淋漓，使画山水画到了灵魂深处。诗情画意——应该是我们不可“丢失”的追求。

▲ 弄堂口的
晚风
纸本设色
35cm × 35cm
2013 年

◀ 不动如山
纸本设色
30cm × 26cm
2016 年

好心情画出好作品

艺术家调节心情很重要，尤其是画画的人，有好心情才能画出好作品，心烦意乱的时候，自然会失去情理，无情无理的时候，就无法驾驭自己的情绪，画出来的作品必然笔躁墨挫，这与情绪泄露、一气呵成是两回事。从心理学上分析，人的情绪是生发情感的前奏，是调节心情的基本元素。我说情绪是认识事物、启动行为的讯号，它更多地和人的本能欲望以及个人的潜意识活动分不开，更多地体现着人的自我需要，它无时无刻不在影响着人的心情。

如果把这一种未经深化的初级心情叫作情绪或情感，那么，我们可以把深化后的高级情感叫作情思或情愫、情趣等，而它们更多地体现着人的社会需要，更多地和人的思想及其意识活动联系在一起。而思想正是人的心情赖以从动物式的情绪深化成为人的情思、情趣的必要条件，它是理性的一面。心情

▶ 驴、猫、老、小闹心图
纸本设色
35cm × 35cm
2011 年

和情绪反映的是只属于个人的快感，起落很大，冲动过去后常常会找不到感觉，全是感性的。然而，我们倘若把这份情绪约束起来，又会使艺术家失去兴奋与满足。也许这正是艺术的魅力所在，艺术首先应该是易感的，让人陶醉的也正是这份情绪的泄露。进一步讲，艺术家毕竟不是思想家，理性的思维只能在感性的领域里扩延。所以，我们不要强求艺术家（主要还是画家）的作品里有多少的思想与内容。只要艺术家有一种好心情，在他的心田里有一片好风景，“一片好风景就是一种好心情”，有好心情就有好作品。

聲音阿拉名氣好。
丙申

◀冰洁风馨(局部)
纸本设色
2016年

祈求灵感

如果，你心里没有寻找美的情感，那么，你就不会有发现美的灵感。“灵感是艺术家在抽象思维和形象思维的基础上，在有意识的相互作用下突然亢奋激发的情绪，是一种极富创造力的心理状态。”心理的陶冶，心理的修养和遐思，是闪现灵感、摄取灵感的源泉。倘若你的心理不是在自己的心象中，不是在感觉、情绪、思维里追寻审美的原山，而只是在美感对客体的映象里寻找美的形象，灵感就很难出现。

至少我自己在创作的过程中所感悟到的是这样一个状态。我用心创作而又忘掉了自己心理节律的时候，我忘掉了我自己，忘掉了自己的情绪波动、思维起伏，这时百态聚至，万物涤荡，灵感就会像闪电一样出现，照见另外一片世界。

灵感的到来又是不期而遇的，多在不经意间蓦然浮现脑际，仿佛天赐神授，那一瞬间常如林中流莺，一晃而过。“宋

◀ 爷爷弹皮弓
纸本设色
36cm × 36cm
2011 年

▶ 世间就是爷爷好
纸本设色
40cm × 26cm
2016 年

时潘大临在一次偶然机缘得灵感，乘兴吟唱出一句‘满城风雨近重阳’后，被旁人打断，继再无续句”，可见灵感对创作何其神焉。

我们在创作中，若没有灵感，只有思维，只有样式，光靠形象、抽象和笔墨、技巧，断难调动情绪、亢奋热情，也找不着状态。创作不能进入状态，定然苦闷不已，任是冥思苦想，反复体验，还是无济于事，这时只有灵感能让你茅塞顿开。

灵感，才是我们创作的生命线！

世間就是爷爷好

▶ 魂断琵琶林
纸本设色
93cm × 61cm
2017 年

中国画和中国画家的调侃性情节

浓墨密迭的皴点溶于墨色太阴间，淡雅野逸的笔墨韵化在人本的性情中。大自然的尘尘息息，人世间的恩恩怨怨，以及人生无限的感怀，还有催人联想的憧憬，激人兴奋的利欲，让人不安的关系，等等，在我们画家的脑际常常是“天际一色”的茫茫空间。除掉性情中提取自己的精神依附，不需要有多少对于人生意义、社会规范、人际哲理的体验。

至少传统的中国“士人”是这样，所谓“君子坦荡荡，小人长戚戚”是也。常言道，“不是君子难成画，画如其人见心骨”，这是我们中国式的“士人情态”，是我们特有的对于书画意气、笔墨情趣、审美理念的把握范式。

在我们古代传统意识的形成和士人意志的生发下，在我们民族文化情绪的掺和下，我们传统中国画的审美特质，固定在情境、气息、趣味的审美范畴里，绘画成为一门高雅的

▶ 天有阳地
纸本设色
93cm × 60cm
2017 年

◀ 天有阳地
（局部）

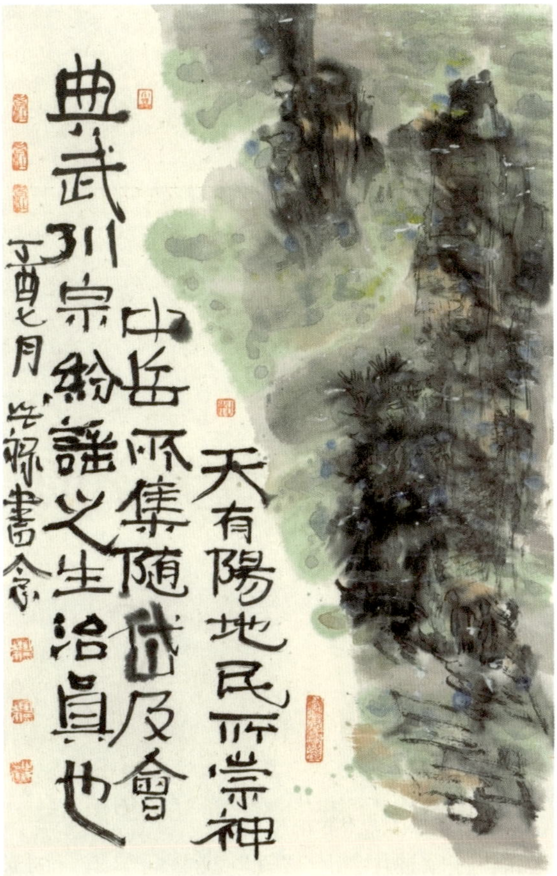

把玩艺术，独立于世界艺林。无论朝野，无论工笔、界画或写意画，都以写意为尚，这一点是毋庸置疑的事实，只要你不是中国画的画盲。

一位善于在水墨之韵中寻觅天真烂漫、传达人性情趣的画家，无论在严肃的社会政治宣传题材上，抑或在沉重的历史纪实题材上，都会表现出自己天真的人生本性。

人的本性都具有显真成趣的调侃心理——这是一位心理学家告诉我的——除非他是一个十足的伪君子。

▶ 道院笙动
纸本设色
40cm × 26cm
2016 年

气
——中国传统美学的最高运筹

中国古代哲学的朴素辩证法的思想提出“道”这个概念，然而，在阐述中都用“气”来概括宇宙万物无穷无尽的运动变化和发展规律。

“气”要求艺术家应该去表现宇宙的“道”的运动，表现宇宙的本体的运动和存在方式。唯此，作品才有活跃的生命力，才能“气韵生动”，这是中国传统绘画理论中的重要美学范畴。但这里的“气”不会是我们想象中的反映在画作层面上的“气韵生动”那么简单和狭隘。它是一种宇宙的精神表现，一种天人合一的理念；是一种宏观探道，微观探真，力求作品能透过鸿蒙气理，堪留世界之奇的运化手段。它山再现之景象到表现心灵之情境，衍化为描绘眼中视象到表现胸中意象，是超越具象走向精神的纽带。

让画家，让作品，充满了大化运行的非凡气度与时空的永

◀ 花痴老汉梦春归
纸本设色
41cm × 36cm
2013 年

恒，让社会生活、历史桑变、大自然江流的认同意识统摄于整体之中，让画家笔下的创作从思想中、从技法中、从布局中、从力度中，从一草一木、一山一石中，把有限的描绘对象与整个宇宙联系起来，表现出宇宙无限的生机与蕴涵，或者说“气”更着眼于事物的秩序，宇宙的精神。它使审美变得精神化了，使“气”韵变得形象化了，并在有形、无形或虚无、具象中表现出来。从这一层意义上来看，这“气”已经跳出了“气韵生动”这么一个狭小的范畴，而进入万物包融、冥冥幻化的运动之中了。这也正是中国画家和中国画写意化的超凡之处。也只有我们能够在素尺半笺中满纸纵横地层层叠染，在泼墨勾皴间森罗万象，或淋漓尽致，或一泻千里，或浩茫无穷。凡成功的力作于混沌中都有一股气度支撑着。

▼ 鸟迷人、花鸟更迷人
纸本设色
35cm × 35cm
2011 年

▶ 书呆子一根筋
纸本设色
40cm × 26cm
2016 年（左）

▶ 逍遥圣者
纸本设色
40cm × 26cm
2016 年（右）

中国画的当代性与传统精神

20 世纪的中国画创新热潮，不外乎是吸收西方美术各种要素改造中国画固有的审美观念，也即重构中国画独立而完整的审美标准或说意趣和规则，解构中国画传统的艺术形式。其实就是中国画逐渐向西画或综合性艺术靠拢，并以此来盘活和扩充中国画的表现领域，实现中国画的当代性意义，成为一种追求。

然而，人们忽略了当代中国画到底缺失了什么，当代性及其意义又是什么。对这样的基本问题的思考，恐怕关键还是在于对美术语言化的认识问题。许多艺术家因为其文化修养的关系，在中国传统文化受到外来文化冲击时，对中国画生存价值发生怀疑，不愿正视中国画特定的审美价值。他们没有认识到中国画传统的审美观就是“新新不已”，把至大、至刚、至柔、至中、至正之气蕴藏于胸，为学必尽其极，为事必得其全，庸

和博大不求工而自能登峰造极的那种精神状态。

诚然，当今中国社会在急速转型和成长中，大家都在注意物质和流行文化的动向，当代人有意无意地都体验着物质的愉悦，商品的愉悦，还有地位的愉悦，等等。我们作为艺术家，跻身在社会中，需要自我价值的认定，但不要忘记我们更需要自我情感的认定——只要我们真正地去体味一下中国画的传统意味，感受一下其中的人与自然的和谐、天道的无限、宇宙的浩茫、水墨的禅逸，你，作为一个画家，就会产生中国画的线与心灵、墨与精神的共振！

◀ 养心须懒散
纸本设色
40cm × 26cm
2016 年

谈“匠”意

任何一门艺术都是从技巧开始的，没有技巧的确立，艺术就如“空中楼阁”。中国书画的创作者总隐讳技巧的表露，这或许是受制于中国传统文化“玄学”的干预，在我们祖上的意识中就很怕沾上“匠”的气味，不然为什么我们祖宗的“三教九流”及“三十六行”中，独把艺术供奉在外。对于这些特定的文化现象，如果简单地归结到某一种原因上，那就会导致一种偏见和误解的产生。现在对这些无关主体的问题，我尚无探索的兴趣。

我要说的只是关于“匠”意在绘画实践中的认定问题，久违了的中国“士人”留给我们的最“尊贵”的遗产，就是“高雅神逸”四个字，仅此而已。他们为什么不为社会多创作一些物质的东西？今天看来他们远没有被他们蔑视的工匠们伟大。

今天我们所谓的文化人或艺术家照样在犯同样的错误，

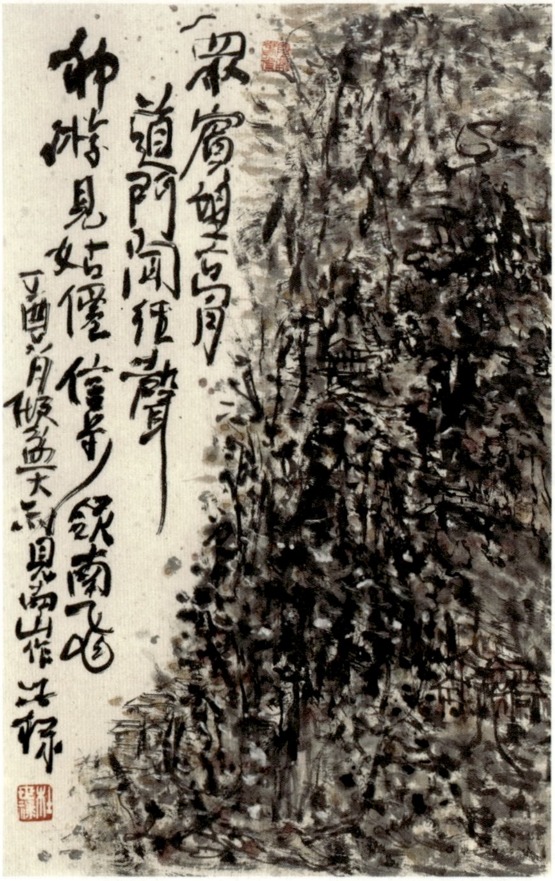

◀ 道门闻经声
纸本设色
93cm × 62cm
2017 年

▶ 道门闻经声
（局部）

我们从来就没有重视过我们运用的材料的制造者。话说得离题了，可我只是想切换一个角度提示一下“匠”意的重要。至于“匠”意在绘画中诸多的其他学术性问题自古至今见诸文字的已如繁星，何需赘言？

最后，我还要做一个证明。翻开一部美术史，见到辉煌的仰韶彩陶、敦煌壁画、云冈石窟，有哪一桩不是“匠”意的杰作！这是社会实践活动中的例子。再从意识活动中看过去，比如我们的色调、笔墨、皴擦、渲染，不都是依赖于“匠”意的功底？吃透“匠”意，才能奠定我们艺术的基础。

◀ 雪花漫空舞
纸本设色
40cm × 26cm
2016 年

关于意境

站在画作前，最易被感召的是意境，然后是画面反映出来的景象，而构成画面景象和意境的笔墨技法却常常是最后被看到的。这是因为画画的目的是为了创造意境，欣赏的需要也是一个意境，画家磨炼技法是因为创造意境的需要。没有高级的技法创造不出有意境的画面景象。在我们古人的眼里，技法的过程就是“写”的过程，所谓“写出真意”的境界。这个“写”就是我们今天强调的技法，而那个“意”就是由技法勾皴渲染出来的、反映在画面上的意境，二者名为二，实不可离。意实为情，而境即是境界，它是更为广博深邃的东西。中国画里神于情、意于景两者妙合无痕，只有在笔墨有情画面有景，情景交融的时候，才能泛出意境。

王国维说意境“有有我之境，有无我之境，有我之境，以我观物，故物皆着我之色彩，无我之境，以物观物，故不知何

◀ 读书修德
纸本设色
40cm × 26cm
2016 年

▶ 念罢真经游天去
纸本设色
40cm × 27cm
2016 年

者为我，何者为物”。显然前者是艺术境界，它属于那些能独与天地往来，物我两忘，变“自然丘壑”为“胸中丘壑”，能写出喜怒哀乐，感知自我心理，知道释放情绪的有世界观、审美观，有广博知识、深邃思想，有丰富的情感和独立的人格的艺术家，而不是那些单有技巧的工匠所能堆砌得出来的，更不是那些好作情语，一腔温和，满面斯文，或油头滑脸，装腔作势，名利至上的所谓“艺术家”所能企及的。

关于艺术的“语言”

人们用“语言”来陈述事物，交流思想，表达感情，它是社会的交际工具和人类生活的手段。现在各行各业都有自己的“语言”，我们的艺术语言的确显得很不寻常地深邃和虚幻。

“艺术语言”在古人那里是听不到的。我们常说，“艺术活动的媒介是构成艺术形象的材料因素”。我说不然，构成艺术形象的元素，应该是我们现在的这个“艺术语言”，但它不同于“自然语言”，它是感性的、表象性的和情感化的，是一种无声的表现方式和表现手段，以一种信息的状态出现。

“每个种类的艺术语言都有自己独特的构成方式，绘画语言主要依托在平面图式、色彩、笔墨等构成的元素中，它是诉诸视觉的造型语言。从欣赏者来说，‘艺术语言’是一种艺术情感的符号，是一种感性的审美形态。”“艺术语言”与人类的“自然语言”虽是有同样的表情达意的目的与功能，但它所形成的方式和途径不同于自然语言，它不能像自然语言那样，用已经成为客观实体抽象符号的文字词语，来达到对世界清晰、精确的认识和了解，它只能是表象化、情感化的，只能感悟，不可声闻，也即俗话所说的“只可意会，不可言传”。

艺术语言的基本功能是塑造艺术形象，传达审美情感。艺术家的创造都在这个语言方程中。由此看来，“艺术语言”是艺术创作和艺术欣赏的灵魂。它取代了古人的“情中景，景中情”的艺术形态，让艺术家在艺术创作活动中更具有倾向性、把握性和追求性。

▼ 同音相伴
纸本设色
40cm × 26cm
2016 年（左）

▼ 姐姐，我送你走
纸本设色
40cm × 26cm
2016 年（右）

▶ 冷美岂羡金银贵
纸本设色
40cm × 27cm
2016 年

关于艺术精神

我们的精神世界就是艺术的精神世界，何谓“艺术精神”？有人说“艺术是精神和物质的奋斗——艺术是精神的生命贯注到物质世界中，使无生命的表现生命，无精神的表现精神”，这些话讲的主要是关于艺术的问题。但反证之，也就是说“精神是艺术的生命”。讲白了，就是说一切艺术的产生都是通过艺术家的精神世界衍化出来的，艺术家的超常也是受制于他的精神世界的特性及其理想追求的认知能力的。这些都是很自然的事，勉强不得，也强求不得。

说“精神是艺术的生命”，可是精神不能代表艺术的生命，艺术的生命只能存在于艺术本身，也就是艺术作品的构成之中。

我感到这世界的整个就是一幅图画，是一种优美的精神的表现。你看人类无奇不有，大自然更是包罗万象，在洪荒寰宇

◀ 皇亲国戚同道论天
纸本设色
40cm × 26cm
2016 年

▶ 天女下凡
纸本设色
40cm × 26cm
2016 年

▼ 阴阳并藏随俗入变
纸本设色
60cm × 93cm
2017 年
PP.92—93

的大千世界中，艺术给予人的只能是一种感觉，一种精神上的满足，不可能传输出多少思想。艺术家只是凭借自己的人生观和自然观在理想精神的范畴中创造或模仿世界和大自然内在的真实与和谐，我们的目的是谱写美的、揭示丑的来调动人的情感，使人们的精神得到刺激和满足。

我们都在积极地表现着不可言说的心象——一种扶摇于精神之上的力量和美，“艺术的任务就是使人的精神高尚起来”。

天女下凡

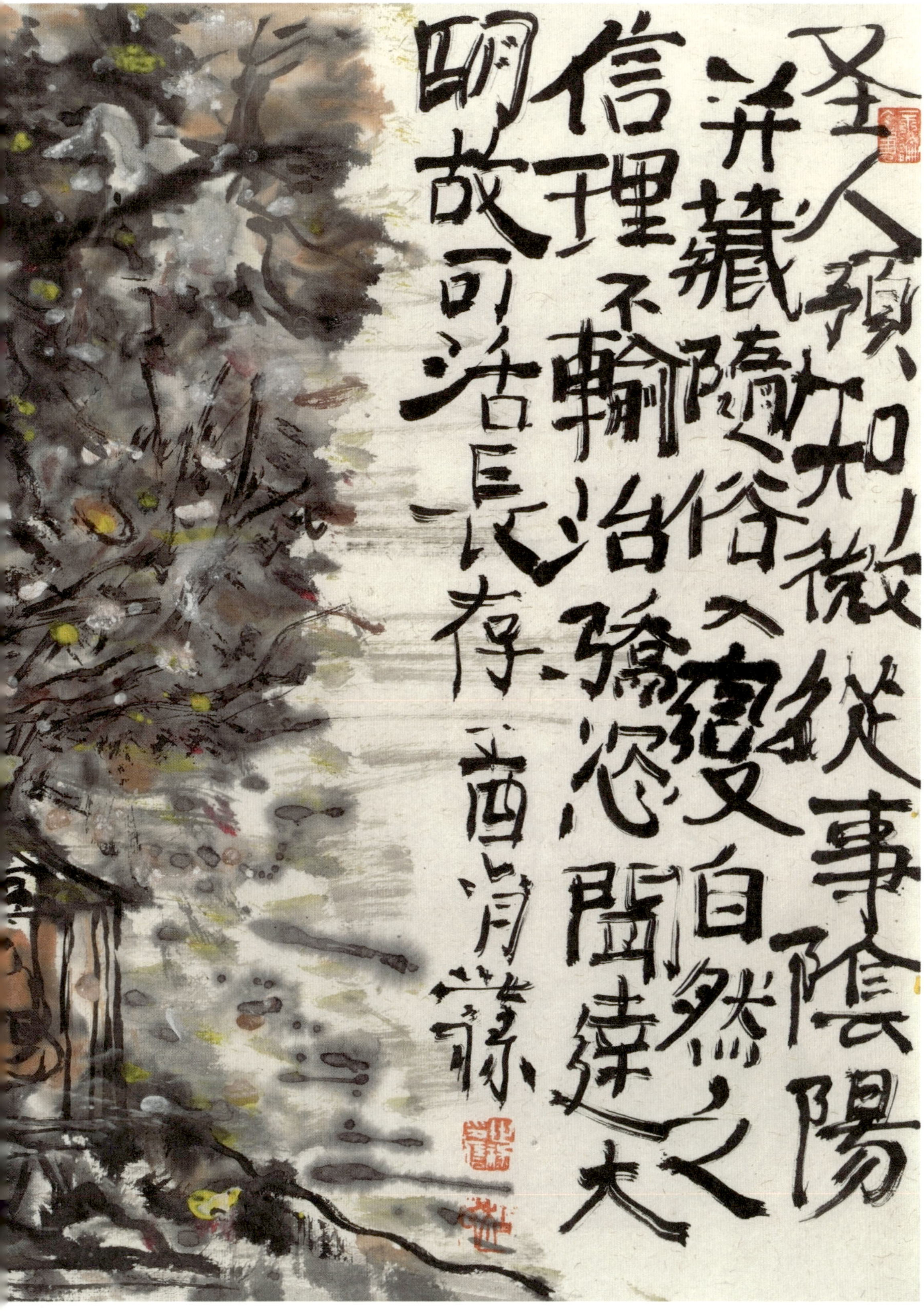
圣人預知微從事陰陽
并藏隨俗變自然之
信理不輸治陰恣陽違大
明故可活長存
丁酉肖蘇

◀ 岁月留痕
纸本设色
40cm × 26cm
2016 年

关于艺术人生的思考

“艺术就是人生，就是对人生的理解。”这话说得对否，暂且请不予论。但它容纳了关于艺术的全部，这一点是毋庸置疑的。我们画画的人每天都在思索、实践与表现中建立自己、传达自己。

我们在多彩的伊甸园中，看似潇洒，看似风光；然而在我们诗一般的生活背后，在我们苦苦思索的人生面前，我们付出的超常的勤奋能为多少人所感动？我们的隽永，我们的感染力，都是我们对人生况味的思索，对文化本质的发掘，我们为此付出的艰辛又有多少人给予理解？

我们要探求自己的路，我们要在思索中建立自己的风格，没有艰辛的劳动，没有肯于跋涉攀登的精神和敢于挑战的胆识，就无法在大自然和生活中捕捉到能够触动人心的意境，发掘出最为美丽的表现形式；无法认识到中国传统艺术中所蕴含着的宇宙的神奇与博大；无法实践将西方艺术融入中国艺术的表现领域中；也无法体味到现代性与当代性的审美语境。

所有新的绘画时空观念，新的绘画造型规律，新的绘画构图法则等，都需要我们用饱含激情的充满时代气息的热忱去感应、去体验，去开启我们心灵的摄像机，摄取人生、大自然最美的形象——这是我们的使命！

◀ 世歌未尽
纸本设色
40cm × 26cm
2016 年

▶ 将军颂
纸本设色
40cm × 26cm
2016 年

◀ 将军颂（局部）

▶ 云浩荡神
纸本设色
95cm×61cm
2017 年

艺术的“名义”

作为艺术家，我们不仅要不断随时代的发展变化而改变自己头脑中的艺术观念，更要改变人们头脑中对传统文化依恋不舍的恋旧情态。“它们”的改变已经绝对不是像人们常说的那样属于“个性解放”，或西方现代派艺术思潮的刺激和东方文化诠释等等那么复杂，说实在，这些只不过是时代的必然，犹如一株树根植在土地上必然要长大，又必然会枯萎一样。对于人们的呵护，其实全然是一种“名义”而已。

从这一意义上来讲，理论的东西在这个逻辑中是没有多少原因可以追问的！万物以小趋大，从新到旧，往而复之，全是事物发展的自然规律。

人们对它们的研究不外乎全在一种“名义”的门下，什么古典或新古典主义，浪漫或现实主义，宗教的禁欲主义或神秘主义等等。一切的出发点都是因为人的本意（名义）主义，就

◀云浩荡神（局部）

是“人本主义”下使至必然的现象，凡此种种在伦理上突破了社会的道德价值规范，在思维方式上打破了理性与非理性、宏观与微观的界线，艺术家可以不去顾及原物理的和化学的诸多科学实验的世界真实性，而极力观照的是人们的情感世界。阐述原因，很难诠释出其中一二三四的理由。这是“意识形态”的最大特征，它都借一种“名义”而存在着。不是吗！老庄的“回归自然”是一种名义，孔子的“伦理道德”还是一种名义，而重科学实验的西方的种种主义和流派到头来还不都是为了一种名义，它们全是围绕人本的主体意识出现的。

▶ 圣人预知
纸本设色
93cm × 61cm
2017 年

艺术需要情感

当今的艺术家、理论家们，似乎很少顾及或者阐述一些常识问题，比如，什么是情感，情感与艺术有何关联。这些常识问题对于艺术家来说很需要有一个理性的分析。我在一次谈话中涉及这一问题，面前坐着的那人居然答非所问，他还是个艺术评论家呢！这时我注意到当今的艺术评论好像有一种习气——“装雅来劲”，对于基本的东西可以跳过去，“不跳纯属浪费”。是这些问题太简单，不值一提，还是这些问题未曾去认识它，抑或压根儿就没有意识到？对此我实不以为然。

倘若一个艺术家没有丰富的情感情怀，他怎么会有心情去创造艺术，他的创造又怎么会成为艺术？

罗丹把艺术说成“就是情感”。托尔斯泰认为“人们用语言相互传达思想，而人们用艺术相互传达情感”。他说：“在自己心里唤起曾经一度体验过的情感，并且在唤起这种情感之

后，用动作、线条、色彩以及言词所表达的形象来传达这种情感，使他人也能体验到这同样的情感，这就是艺术和艺术的活动。”由此我们可以理解，情感是艺术创造的基本元素。在整个对于艺术的审美认识、审美创作以至审美欣赏的过程中，情感始终起着重要的作用。

对于艺术家，我们创造作品与表达情感，犹如人的躯体之于血液，没有血液的躯体不就是一具干尸吗？

◀ 圣人预知
（局部）

▶ 眼底新天气
纸本设色
96cm × 62cm
2017 年

▶ 庙堂玄乎
纸本设色
86cm × 72cm
2017 年

认识需要智慧

同道中人常说“认识”无法教，所谓“认识”即人的理智、思想，也就是见识。“人对事物的认识有一个从感性到理性的深化过程，人的情感与此同步。”我们对一个没有被认识的对象是不会产生情感的，然而，如果没有情感也就不会下功夫去认识对象。没有认识，就没有思考；没有思考，就不可能产生思想和想法。巴甫洛夫把艺术家称作“有感情地思考着的人”。艺术中的思想和想法，正是艺术家有感情地思考后认识到的结果。

在艺术中，思想消融在感情里，感情消融在思想里，两者却都被消融在认识里，这是艺术中的审美认识与艺术情感、形象融为一体的特点。因此，认识显得更为重要，从欣赏者的角度说，审美情感深层渗透着审美认识和思想。所以，对于某些艺术作品，欣赏者必须通过审美认识，才能产生美的感受和冲

动，而认识愈深则理解愈切，美感也就愈强烈。

在艺术圈中，尤其是绘画，我看有这么三种倾向：一种是不生情感，全凭技巧的堆砌，离不开习惯动作来创作；一种是有见识，但亏于技法的单一，而一味玩弄情思；还有一种是既

种豆养树南山坡
纸本设色
40cm × 26cm
2016 年

有见识，又有高超的技法，在他们的创作中已不只是表现情感，也能表现思想，并把两者渗透到自己的技法中，他们的创作是最具艺术性、最具感染力的。我们需要追求的自然应该是第三种，而第一种是必须要远离的。

▼ 夫唱妇随一段好姻缘
纸本设色
36cm × 35cm
2013 年

◀ 相公相鸡
纸本设色
40cm × 26cm
2016 年

审美需要眼光

艺术家用审美来传达他的思想，但审美首先需要有审美的眼光。艺术家的眼光是透过事物的本质去看事物的表象的，他把抽象的本质提炼出来，融合到具体的或个别的表象之上。在创作过程中并不是从抽象的概念出发或图解概念，而是按艺术家表现的条件或能力，通过具体可感的手段表现出艺术家的审美目的或情趣。这种具体可感的形象，可以被欣赏者凭着视觉或听觉直接感觉到。

比如绘画，它是一个视觉的审美过程，我们在创作或欣赏一幅作品时，并不在于其描绘的客体对象的美，事实上客体对象的美是相对的，随着条件变化的，即使是“江山如画的自然景色也受时空条件的限制。而艺术作品能不为时空限制地拿来欣赏”。我们在欣赏一幅画的时候，最快映入眼帘的是画面图式的审美价值，而非图式下面的内容的意义。这是视觉艺术的

◀ 独怜幽涧
纸本设色
93cm × 60cm
2017 年

▶ 草堂幽心
纸本设色
93cm × 60cm
2017 年

▼ 草堂幽心
（局部）
PP.116—117

倾向性，它采用的手段多是用形式来反映内容，反映情趣，反映思想。艺术家需要有审美的意趣，有体验审美的情态。首先要有审美的眼光去寻找审美的对象。艺术家要有把丑的对象通过审美的手段，表现出美的能力。这就是说，在现实生活中我们既可以发现美的形象，又可以找到丑的现象，在艺术中却都能以审美意义表现出来。这是我们艺术家的天职。

草堂塹西無樹林
非子誰復見幽心
飽聞榿木三年大
與致溪邊十畝陰
丁酉七月

丁酉七月

◀ 清信天运轻
形骸
纸本设色
96cm × 60cm
2017 年

审美的理想精神

说“审美的理想精神”，初看起来有点不着边际。我们大概都明白，在人类创造的事物中，艺术品之于人们的认识好像都是炫耀身份的、偶娱的精神产物，它的产生只是因为人们的精神需要和艺术家的个人兴致所至，一切价值都在观念之中。对于它的创造既无规律，亦无逻辑，全是难以预料的，随意的。的确，艺术家创作的时候只凭他个人的理由和意趣，靠着自己所具备的能力与条件进行，人们欣赏的时候也只凭借自己的兴趣所好，两者都是自发的、自由的精神需求活动。

但我以为一切事物都有比较理想的形式，创造者由于民族、时代、气质、素养等不同，对事物的认识与感受的印象就有差别，它被灌输到艺术作品上，自然会有高低之分，特征的显现也有价值之别，艺术家形成的审美观念更会有深陋之辨。

艺术家对一事物产生独特的观念，形成“艺术语言”，需

◀ 村头小芳在等你
纸本设色
35cm × 35cm
2013 年

要有理想的“精神气候”。我们创作的目的是表现事物的主要特征，也就是个性，谁都知道艺术的生命在于个性。艺术家们必须抱着自己的观念去描绘那个对象的本质特征，表现自己的审美，实现自己的理想精神。

我在艺术实践中，寻求的就是一种构成事物的本质，凸显某个属性、某个形式特征以及某个主要状态。根据自己的能力，在传统与现代的交叉点上张扬个性领域，让其在创作过程中形成一种审美的、理想的“精神气候”。我想这种“气候”是每个艺术家都需要营造的。

▲ 春眠不觉晓
纸本设色
43cm × 35cm
2011 年

▶ 天翁起星落
纸本设色
96cm×63cm
2017 年

批评当无情

孔子说：“有德者必有言，有言者不必有德。”其实就是说有灼智必然敢讲真话，而言之不必全部是真理，强调的是开一种风气。

当今的艺术界批评之盛甚无前例，但能做到“知言”的批评者实在是凤毛麟角。吹捧、瞎起哄，其意不在为艺术的批评，而在于借批评的名义确立自己，或是出于利益，或是作秀，还有种种不可告人的目的，这样说也许过于刻薄了，却是实实在在的情况。我们需要批评，但是需要真正的批评，哪怕是“骂”的，试想被鲁迅“骂”过的人有多少，而受到的教育却有多大。

艺术世界可谓万花筒，各种各样的艺术品使人们应接不暇、眼花缭乱。艺术创造者往往钻在自己的门户里，艺术欣赏者又常常觉其美，而不知其所以美。这时候我们多么需要有艺术批评对艺术作品做出分析评判、发现和选择。尤其是我们新

◀天翁起星落（局部）

的创作，更需要艺术批评做出新的判断和确认，使之能被理解并得到欣赏。中肯的、有真知灼见的批评是启示艺术创作、沟通艺术读者、实现艺术价值、达到艺术目的的桥梁。只有艺术批评能对艺术作品的审美价值、思想意义、风格流派、艺术手法，以至创作背景、思潮及其隐含的意义和艺术家的个性气质、情感、际遇等，给予读者接受上的指导，让接受者理解、感受和体验你的作品。

如是，我们能不呼唤批评吗？但我们需要无情，排斥中庸！

▶ 书幻隐现
纸本设色
96cm × 63cm
2017 年

我的画画态势

画家，为什么很少能画出人人都喜欢的画来？这是因为人生态度和审美趋势，无法游离各自选择或无法选择其生存所形成的习惯思维触动视觉的关系。它是画家和观赏人两者的事，画家形成或选择一种态势，这种态势常为人们狭义地解释为风格。它不由自主地得来于画家的感知，只有很少的人在理知中获取，而且其所取的充其量也只能是一些技巧的东西。我们平心思量各种画画态势或说风格，终究还是在无意中形成的，这是自然的本能禀赋，犹如人的“走相”是在无意识中形成的，强学起来的只能是一种表现。不容置疑的是画家在作品中自我本性的写照是任何其他画家不可企及的，真所谓画如其人是也。

我在需要画画的时候，就会梦游般地进入一种很难言传的创作情境，成为纯粹的感情或感觉的使徒，于有意无意中捕捉

◀ 书幻隐现（局部）

那份常常被人认为是无形的东西，然后尽我笔墨所能深入到有形的表现中去。对我来说，画画绝不是仅仅为形式而形式，形式落实到画面上概无抽象或具体可说，它只能是象征的符号。这些符号根据画家的情趣和技能，通过题材或画面形式的选择来积聚和表现。它可以有多种创作趋势，庸俗粗陋的或高雅精致的等等，都可以随着自己的审美意趣和修养来确定自己的绘画格局。古今中外凡我曾经悟到的，在我灵感闪烁、画欲高涨、激情喷发的时候，便会一股脑儿地聚至胸怀，然后幻化出形象无数，这时我强力要求的只是画面形式、笔墨韵致、色彩构成等力度对视觉的冲击。能使画面气壮山河、淋漓尽致，这是我最痛快的事！

▶ 性情中人
纸本设色
40cm × 26cm
2016 年

书法——线的艺术

我们可以这样说："书法的线条是最具美学价值的。"它是人们追求形体美、结构美、精神美，表现人的气质、学养、品格、情操的艺术，它所具有的时间性、空间性虽然是静态的，却诉诸人的视觉，较之其他艺术更倾向于运动，并能在读者中诱发出运动感和生命感。它有一个远离其他艺术的特点，就是有一种流动性、规定性和不可重复性，而且创作过程与创作结果同步形成。书法的创作过程并不是物理时间的无限延长，只是具有结构意义上的运动时间。动态性也是书法生命意义上的反映，这一切都依仗着构成书法的线条来实现它的各个属于自己的美学价值，这些价值又统摄于构成书法的线条之中。

书法的线条是在书法创作中以其造势的过程和笔墨运动的过程来实现它的美学价值的，书法创作其实就是一个以笔墨造"势"和布章、组合、编排的过程。它把原本无生命的文字

◀ 一浪千金得恩爱
纸本设色
40cm × 26cm
2016 年

▶ 李逵春梦
纸本设色
40cm × 26cm
2016 年

通过笔墨造势、布章，变成充满活力和个性化的结构序列。书家的情感活动，正是在这序列性的运动中依靠线条的功能，发挥书家诸多顿挫、提按、转折、徐疾的技巧，来实现书法线条美学价值的。所以，书法欣赏很容易让人联想到它的创作过程，看到创作者的内心世界。我们站在一幅书法艺术作品前，最先感受到的常常是创造者融合在作品背后的自我意识的活动与伦理意味，或者是书家的人品修养、情绪心境、气质、个性等主观人性感应。

因此，我们说书法是世界艺林中最具审美价值的抽象艺术，欣赏者必须具备与创作者相等的审美修养，这一点无可非议。

◀ 任风滋气
纸本设色
95cm×62cm
2017 年

书法创作意象为上

把自己的情感活动与审美意趣直接流露在笔墨之间，以表达自己的主观思维感情，表达自己的思想情感和形象意识，这一点书法比画画来得更痛快。

一个有智慧的书家，能够从天地万物之变中，从人文史哲中，参悟到笔意、章法、神韵的审美意识；又能够工求于笔墨之内，寄情于点画之间，表现出书家自己的精神、气度、禀赋、个性乃至瞬间的情感波动、旷久的精神依托，创作出思想丰富、意象神奇、令人神往、令人陶醉的作品。它如“壮士佩剑”，或如“秀女纤丽”，“它像依偎着山花芳草的清流小溪；像奔腾的黄河长江一泻千里；像狂风暴雨，像清风明月，像苍茫无垠的北国大地，像细雨飘洒的江南村舍；更像抒情诗，更像音乐那样给你感觉无限”。

既是如此，我们又何必钻到洞孔里去看老本家当，或者赶

◀ 独赏标榜竹
石逸
纸本设色
93cm × 60cm
2017 年

▶ 独赏标榜竹
石逸（局部）

时髦挤流行，又何必死寻着形式在花样上磨工夫，还是多多用心于书外。不要忘记自然，多多留些平淡。如是，才能使作品天真神逸，才能点画有境，意象无尽。正如苏东坡赠言“心存形声与点画，休暇复求字外意”，“书无意于佳乃佳”。这些不就正合了书法以意象为上的道理了吗？

当然，取意象只是技法成熟、功力到位的书家的事情。除此之外，谈也枉然。

附录 I

高处的风景

——读杜世禄大写意彩墨人物画

文 / 邵大箴（中央美术学院教授、著名美术评论家）

品阅书画数十载，对中国的传统绘画或多或少有过一些自己的研究和认识，而杜世禄独创的大写意彩墨人物画，给我留下了耳目一新的深刻印象。综观中国画，作为祖国传统文化长河中的一条重要支流，在这条支流中，人物画是发展得最早的一个画种。从南宋梁楷起始，写意人物画已有八百多年的历史，这期间，出现了不少开宗立派的大师级人物，他们对推动写意人物画的发展做出了不可磨灭的积极贡献。在中国绘画史上，大凡有成就的大家，莫不是以其独特的艺术语言雄踞中国画坛，而成为承前启后、继往开来的代表性人物。写意人物画发展到今天，也已流派纷呈，风格各异，而在这艺苑中展示在世人面前的意笔人物画，或水墨淋漓、清淡华滋，或设色淡雅、灵动多姿。然而，在近千年的写意人物画史上，如杜世禄这样

“标新立异”，漫画式的大写意彩墨人物画尚无先例。几十年来，杜世禄以漫画家的灵感和笔触，大胆尝试，并吸取传统彩墨人物画的用色技巧和西洋画的表现方式，创造了独属于自己的“大写意彩漫人物画”，可以说是中国写意人物画史的一大创举，这一新的探索已引起写意画坛和国内外书画界的广泛关注。

品赏杜世禄的大写意彩墨人物画，会有一种酣畅淋漓而又韵味十足的特别感受。这种感觉就像是对着原中国美协副主席、漫画大师华君武先生的作品一样，杳然欣赏之余，愈发耐人寻味。著名红学家冯其庸对他的人物画这样写道：杜画的人物构图，尤其使人感到稚拙天真，与关良先生异曲而同工，而重点是在“异曲”。诚然，杜世禄大写意彩墨人物画的成功在于他的独特创造性。然而可以看见的是，杜世禄的大写意彩墨人物画只要你去仔细研读，便会发现其“美”之外，还有很多内涵的东西。中国写意画家最讲究绘画的境界，杜世禄的“立异”之作，正是最能体现这种境界的大家之作，他的作品既有传统的精髓，又有创新的思考。他作画浓墨阔笔，先勾画人物的外形轮廓而后施以重彩，从而很好地形成一种全新的视觉理念。很难想象的是，若画家不以这些阔笔重墨线勾出人物外形，那么，这种艳丽的多原色就会跳出来，致作品流于俗气。这样的处理需要的不仅是胆量，更重要的还是他的艺术功底和笔墨能力。杜世禄不光用色大胆，其造型也很有气度，他将漫画的夸张变形引入国画之中，纵情挥洒，尽兴表达，显示出一种与众不同的画风。对于画题，他总是构思精妙，或别出心裁，别有情趣，或发人深省，引人深思。

杜世禄的作品《花痴老汉梦春归》，画的是躺着睡觉的老人，已睡入梦境，鼾声乍起。一双鞋加之简单的花瓶烘托着艳丽的鲜花，更增添了画面的画外意境。也许，你会感觉到生活的灰色和孤独，回想青春哀叹岁月匆匆又一年；也许你会认为他的睡去只是一个梦，不过是生活的一种催眠方式，人睡了，花也只能在梦中。他的另一幅作品《一位刚出落少女的哀叹》，作者直抒胸臆。通过极强的形象对比和色彩反差，将亭亭、羞涩的和浓妆艳抹的二女形成鲜明对比和反衬，褒贬之意不言而明。同时，在这幅写意的人物画里，作者并没有默守成规，而是在画中直接落笔发问，引人侧目，令人拍案……大写意彩墨人物画作为一种成功的艺术探索，无疑需要有超人的胆识和知识，而每一幅作品所传达的，都是一种亘古不变的处世理念，无论是对现世嘴脸的批判，抑或是对生活真、善、美的褒扬，都闪耀着艺术和智慧的无比光芒。

杜世禄的大写意彩墨人物画的独创之处在于大胆地将中国传统人物画和漫画相融合，在于对众多原色块的巧妙施用。既有漫画的现世意义，又有西方画的色彩成分。然而更重要的，还是具有中国绘画的传承性，它与中国传统写意人物画一脉相承，并使彩墨艺术发扬光大。因此，大写意彩墨人物画，堪称现代中国人物画的一个重大突破，可以预言，在不久的将来，杜世禄这独创的画风将为中国写意人物画带来全新的思路。

“艺术贵在独创，创新才有价值”，站在艺术的山峰，杜世禄看到了更高处的风景。他的大写意彩墨人物画，有着鲜明的个性和时代特征。而他也必将以其独特的艺术符号，和全新的艺术语境在中国画坛占据属于他的一席之地。

附录Ⅱ

创造意象 兴象抒情
——浅谈杜世禄的积墨写彩山水

文 / 邵大箴

我们考量一位当代中国画家的艺术成就，主要看他能否在缜密而完善的中国传统绘画脉络中，仍然能够找到适合自己的艺术理念、艺术语言与审美理想图式，创造性继承和发展传统，建树起自己鲜明独特的个人艺术风格。美术学教授、博士杜世禄从传统绘画中古老的、渐已消失的积墨画法、焦墨画法中发现它的内美，并予以发展。经过长期的研究探索和创作实践，在中国画坛形成独树一帜的杜世禄积墨山水画、焦墨山水画和简笔写意山水画，使这一高难度的艺术语言得以传承下来，在当今时代的中国画坛发出别样的光辉。

中国画最宝贵的艺术特征是笔墨，中国画的民族性，非笔墨无以言谈。线条是中国画的造型基础，线条如同中国画的生命线，墨法之妙也全从笔法中产生。评论画家作品的艺术性以突显自我风格的笔墨见高低，笔墨是构成我们民族绘画特殊语言风格的要素，这是我们民族绘画区别于其他民族绘画的最主要特征。

杜世禄重视传统绘画基本功的学习，以十年磨一剑的时间与精神临习大量先贤画迹，博采众家之所长。他临习古人技艺，意不在复古，是用心研究古人之法，借古以开今，为他作品风格的形成奠定了深厚基础。“为学日益”浸淫于传统，深涉广取；“为道日损”由博取精，去支离存高简。杜世禄具有西画绘画基础，他将传统笔墨和西画理念融化于自家笔墨之中，使作品既具传统理法又备现代审美意识。所以说杜世禄的山水画作品具有时代感。

杜世禄在《我的画心画意》一文中写道：“只有在恰当地传达出表现物象的本质特征和艺术审美趣味时，才可能获得一般意义上的认可。将自己置于大化之中，与天地融为一体，非其不二，恰似‘微风吹幽松，近听声愈好’。绘画不过是站在自然这面镜子之前画着自画像而已，正所谓‘以道观道，以性观性，以心观心，以身观身，以物观物’者也。”杜世禄以独到的理解，强调中国画兴像性和写意性的意义，观赏他的作品可以感受其丰赡的思想内涵，以及造理入神，妙得天趣之快意，非高人逸才不能达观自在。杜世禄深谙“山水媚道”，不唯一味游目山水，而是澄怀观象，含道映物。不为客体之缠缚，创画格为主观，以寄山寄水抒情达识，蒙养浩然之气以升华胸中丘壑。画家以“道法自然”“天人合一”观审视大自然，山水非眼中之山水，山水就是我；画不是单纯摹写自然，画即是我。杜世禄的山水画题材，并非选择名山大川或某一特定地域山水，他是将自然山水升华为自己的创作理念与自我笔墨语言以体现胸中丘壑。古人云，山性即我性，水情即我情，画乃画家之心印。他以自己精神气质的形象符号，借抒写山水形象而达到创造意象直至兴象的高度与深度，借山水形象抒发自己的思想情感与美学理想。

杜世禄的山水画作品的主要特征是繁密。他的积墨山水、焦墨山水作品具有鲜明独特的个人艺术风格，然而杜世禄是位善于探索，富有开拓精神的画家，他认为物有常态，但艺术不能有定型，勇于树立不断自我否定、自我重塑的创作观念，这种否定实际上是不断自我提高的过程。他近年来创作的作品与十年前作品相比有明显变化，由繁入简，由具象趋于意象，更加注重作品的精神内涵。在这种变化中，呈现了乱而不乱、乱中有序、变化自然的笔墨抒写，主要体现在他的水墨、焦墨简笔写意山水。这种画法是出新意于法度，入乎规矩之中，又超乎规矩之外，不为理法所束缚，突破了传统皴法的规律和程式符号，是用笔用墨的解放，虽粗服乱发，却气韵生动，随机自然。他很敬佩黄宾虹衰年积墨、焦墨变法所取得的成就，从他作品风格的嬗变，体现了黄宾虹的影响和启迪，主要表现在乱而不乱、乱中有序、变化自然的画风转变。值得一提的是他的写彩，他把彩当作墨，层层叠染、点戳有加、彩墨相映，使他的积墨和写彩有机结合，使画面焕发出别样的图景，这是他在中国山水画创造性上迈出的重要步伐。每一位画家都要面临师承和个人风格的问题，正确对待这一问题至关重要，杜世禄认为自己的作品要与黄宾虹拉开距离，不能学黄宾虹的形式和表象，要解读黄宾虹的思识，参悟黄宾虹的旨趣，得其精髓，拓化为自我的笔墨语言，艺术创作的最终目的，是在传统的传承中形成鲜明独特的个人艺术风格。在全国众多黄宾虹的追随者中，学步者夥，而透网者鲜，杜世禄能脱颖而出，独树一帜，殊为不易。

观赏杜世禄积墨山水作品，近观物象似是而非，似无物可寻，只见富有弹性和韧性的长短、粗细、浓淡、干湿形态各异的笔墨线条、点染交错纵横，在凌乱中翻滚、跳动，洒脱而自然，体现了中国画线条的意象美与韵律美。然而站在作品稍远些，物象井然明晰，葱郁叠翠之峻岭，孤峭崔嵬之雄峰，萧瑟旷朗之沟壑，落索挺拔之寒林，或欢畅或凝咽之流泉，或隐或现之云楼茅屋，领略静谧，苍苍莽莽，浑然一体，虚灵之气弥漫于整个画幅。观杜世禄积墨山水，使人有可居可游之感，久观其味弥深，回味无穷，爱不忍去。我欣赏他的繁体积墨山水，令我感动的是没有造型之功、没有书法之功、没有寂寞之耐功、没有学养之综合是无论如何创造不出来的。

当前中国画中的工笔画处于空前繁荣发展，写意画处于削弱、停滞时期。而今的中国画创作，有些作品虽精心绘制，但忽视了意象、兴象精神的高扬，出现“写”不讲、“意”不足的问题。在这个审美情趣偏重于感观刺激的现代社会，浮华艳丽的表象艺术往往比深沉内敛的精神创作更容易占据观众的心理，以怪诞离奇而彪炳新风的小技画作为时尚前卫。面对当前中国画坛的种种现象，人们对中国画的基本理念及现状产生含糊、混淆和疑惑。在中国画传统中脱颖而出的杜世禄山水可以回答当前中国画的混淆、疑惑问题，杜世禄山水在捍卫着中国传统绘画的民族性、正统性和学术性。杜世禄山水的出现，对传统中国山水画的继承和发展具有深远的学术意义。